JN206295

松山佐代子五行歌集

そ・ら

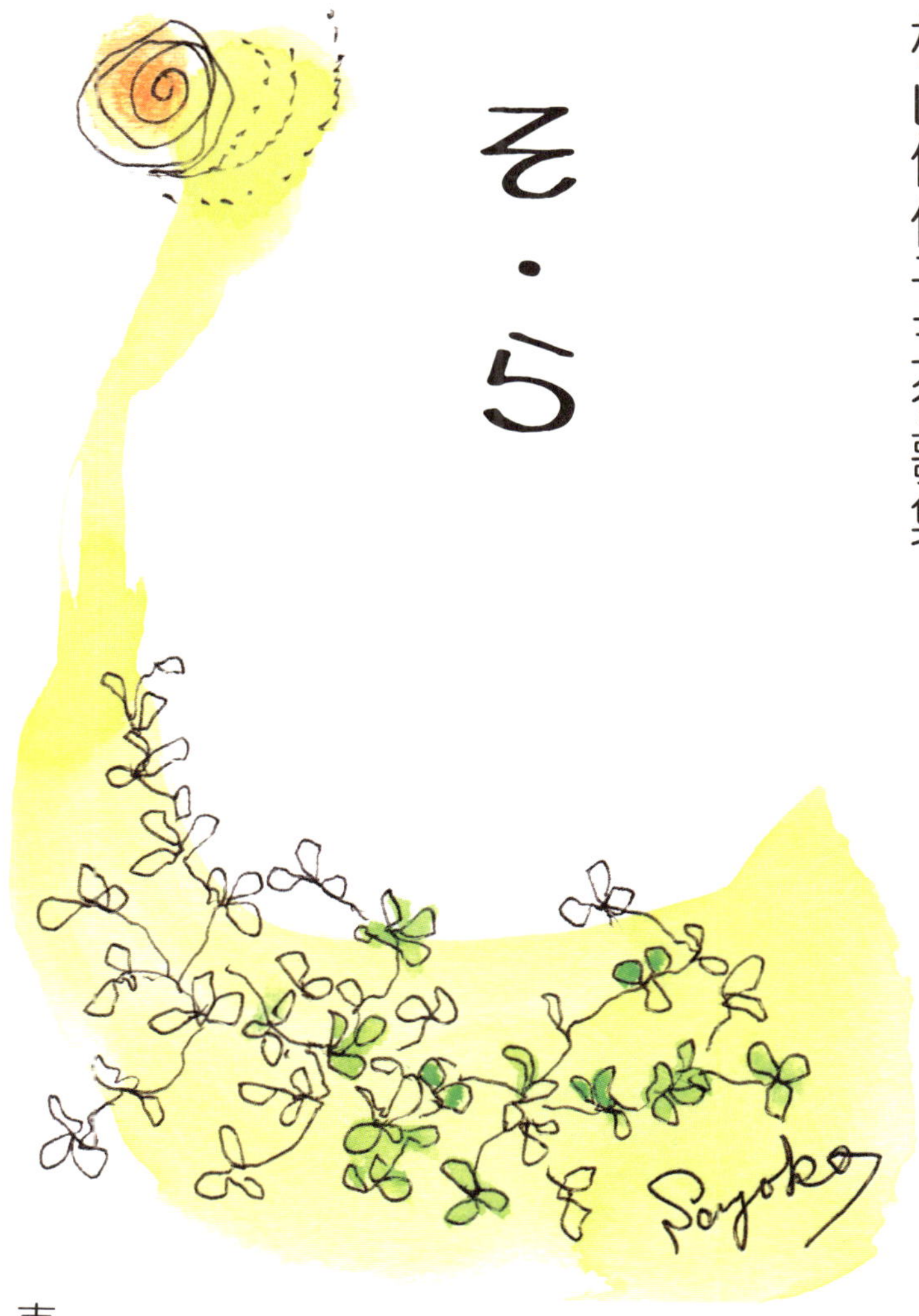

市井社

夜明けの
甘いけだるさの中
蓮の花
すっくと
紅を起こす

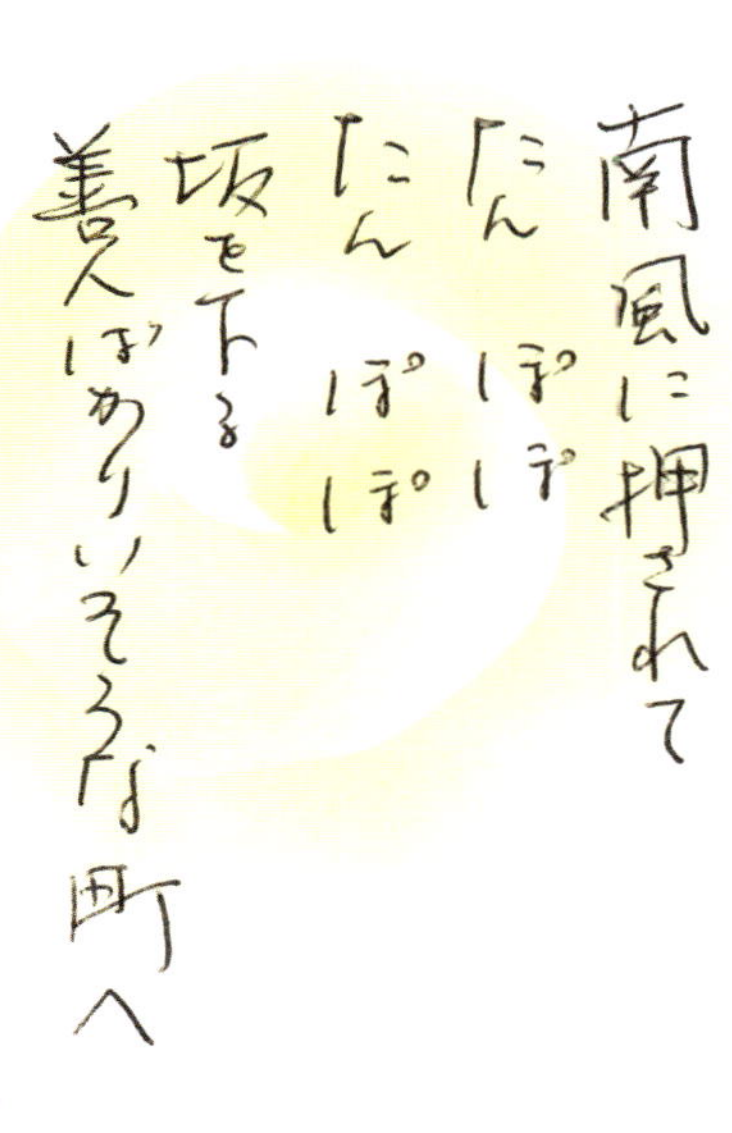

南風に押されて
たんぽぽ
たんぽぽ
坂を下る
善人ばかりいそうな町へ

Sayoko

さざんかの花びら
胸にふりつみ
こみ上げる恋しさが
その紅に
紅を染める

れもんひとつを
掌にのせる
ゆきばなく
さわぐこゝろが
しずもるように

Sayoko

Sayoko

五行歌集

そ・ら

目次

第一章　蒼　穹

渾沌から
生まれ出た
うす紫の光が
春のはじめの
おぼろ

ゆらり
紅いぼたんを
とおりぬけ
風は
うす紅を秘めてふく

相触れる日の
朝(あした)
蒼穹は
わずかな躊躇を
呑み込む

折りたたんでいた光を
こっそり
拡げたくなるような
こまやかな
秋のふところ

ひかり号は
君の街を疾走する
緑陰をくぐり
記憶の襞へ
疾走する

夢にきて
亡母(はは)は
背中をもみなさる
春のうたたね
ほんの束の間

戦地から
身重の母を気遣う
父のハガキの束が
鏡台の抽斗に
しまってあった

病床の母の
枕辺で
金平糖を
ねだった罪を
まだかかえている

古(いにしえ)は
空の恋路をなきわたり
今
山の辺の径にこぼれる
花ほととぎす

初秋の
大和の国を
ゆったり
たゆたう
雲の平和

空しか見えない
病室のベッドで
父に寄り添って
雲の話をした
秋のことだ

君が
隣にいない夜の
腕（かいな）の
てもちぶさたに
馴れるかなしみ

秋の雨を過ぎり
まっすぐ
君へと向かう想いに
たちまち
寂寥が追いつく

凛として
野分の
過ぎゆくを
待つ
一人住まい

辛かった時間を
共有していたように
幼馴染みは
さりげなく
肩を抱く

薄化粧している
娘の横顔に
みほれて
ぐちを
ひっこめる

娘(こ)の哀しみを
わかちもてる
母であろうか
なみなみと手酌する
夜がある

ドレスアップした日の
帰り径
おいしい
肉屋のコロッケ
しのばせる

ほとんどのミスを
やってのけ
その上
コンピューターにまで向う
五十女の心意気

この身一つを養うために
くたびれきって
会社から帰る
玄関の水仙に
まず　会いたくて

ネギイカ焼を買うた
可愛らしい
店員さんやった
その笑顔ににじんとしながら
今、食べてんねん

通勤急行が
夜の鉄橋を渡る
このまま
君へと渡ってゆく
錯覚

このままだと
のたれ死にか
はっと
イヤリングをはずす
手が止まる

遠くの
深夜の電車には
次の時間へ
移る私が
まだ客でいる

せつなく
恋うているのか
相席の女(ひと)の
やさしく寂しげな
横顔

哀しみの人を
慰めたつもりが
饒舌すぎたのだろうか
受話器を置く音が
いつまでも残っている

あなたと重ね合せた
心の日々は深い
それでも・・・・
それぞれの海に
それぞれの波が打ち寄せる

あなたの複雑を
恐る恐る剝してゆくと
きっと
静かな内海に
辿り着くのね

いつか
君の引き寄せた肩が
さみしく身ぶるいして
十一月の
月を帰る

地球の裏側の
蝶の羽ばたきのゆらぎが
ここまで打ち寄せて
僅かな誤算が生じたと思えば
君との別れは頷ける

窓を開けると
一羽の私の化身が
翔び立つところだ
一月の空へ
愛しい鳥よ

さらに
食いしばれと言うの
歯科医は
うまく噛み合うように
歯を削る

銀座の歩行者天国を
悠然と歩き
マダム気取りで
ウィンドウをのぞく
府下・豊中発の女です

ジ
今日の心はこの音だ
ジ
焦燥　圧迫
あぶなっかしげな沈着

「おう‼」
で始まる息子の電話が
最近少し長くなった
「ちゃんと食べろよ」
で終る

あっ
古里の菜の花畑か
ビルの間に
幻を見たような
早春の通勤電車

貧しい女の
胸に点る
愛の記憶よ
明るくしよう
菜の花を添えよう

菜の花
たんぽぽ
また菜の花
光の中へ
中へうらうら

この道
永遠を
織りこんでいる
ふる里の
道に似ている

鳥を抱く
樹であれば
私の愛しみも
抱いてくれるか
逢いに行く

あじさいの
むらさきを
泪ごと受けとめる
ふたつの掌の
大きさ

夜をぬける
静寂(しじま)のなごり
つゆ草の瑠璃を
心の湖(うみ)の
色とする

第二章　生きるにきまっちょる！

「そ・ら」と
大空に向って言う
「ら」の音が
バイブレーションになって
みるみる青に吸い込まれる

ドドンとある
真夏の真昼の
天空を
横切る一羽の
影の威厳

この寂しさを溯ると
草の容が見える
失った日々の
白い時間の淵にそよぐ
草の葉よ

若葉の雨の
ひとすじの緑を
みつめ続けた
言えない
静かな愛もあった

蜩がとまる
木肌のやわらかさ
樹液はひそやかに
はつ秋の寂寥に充ち
かなかなかなかな・・・・

目を瞑ると
なだらかな稜線が浮び
緑をおびる
日常のずっと彼方の
願望の丘だ

だからあんたはダメなのよ
フェミニストが怒り出す
好きな人の好きな事は
好きになりそう
と言っただけなのに

今だに飛びたてない
一匹の蛍を
棲まわせて
燃えてゆく己を
息を潜めて見ている

すべてを
この身に抱きこんで
朝の湯舟に沈む
聞かすともなく口ずさむ
"SAY YES"

鳩の羽根一枚
線路に降りてくる
六時四十一分
通勤急行通過直前の
スローモーション

一人暮しの気楽さを
ほゝえみながら
語りはじめると
冬木の梢の方へ
男は目をそらした

〝本当にしあわせ?〟
また今年も
女雛が
切れ長の目の奥から
問うてくる

どういうことだ
雛を飾る日の
意識の中に
娘も息子も
夫さえいる

逢いたいと
恋い鳴く猫が
沈丁花の香を割り
真夜を走りぬける
渾身

美人が笑った
糸切り歯が見えた
人類のルーツを
思い巡らす尖りだ
じゃ頭蓋はどうなの

春の水の音を
君の胸に聴いている
背中の翅を
かすかに
ふるわせて

いかなごで一杯やりながら
息子のフィアンセの
可愛いエクボに嫉妬する
なんでワタシにないの？
なんで？

女体の虚に
一つの種が萌え出て
真紅の花を
二つ三つ咲かせているような
苦しい恋だ

五月の部屋の
大人びた
りんごの紅さよ
あの人は
今帰って行った

前頭葉の
奥の中枢で
ガラスがピキッと割れる
一つの確信が
生まれた瞬間だ

青を重ね
ぬり重ね
やがて傷ついてゆく
一途な紫陽花の
色の秘密

善人にばかり
囲まれると
かえって
悪女を演じてしまう
虚しい帰り道

たてがみであったり
うすい翅であったり
背中に感じている
今日は折りたたんで
静かに女でいる

あなたを貫ぬく
一本の道
その片陰を
そろり
歩いてみる

受話器の向うで
夫だった人が
栄転を告げている
うろこ雲を見ながら
ラジオのように聞く

結婚式の
披露宴では
父と母である
二人が夫婦でないことを
みんなが知ってる

エクボの花嫁さんから
「おかあさん」
と呼ばれて
たちまち
禁酒を解く

目覚めた一瞬
子供達を探す
〝バカネ独り暮しよ〟
また自分で
虚を広げている

たった一件の留守電で
背中に張り付いた
疲れの板が
バリバリと
はがれてゆく

母の日が来る度に
この辺で
悪い母親をやめようと
チラと思う
プレゼントを前にして

笑顔がいいね
真似してみるね
どうやら私には
使わなかった筋肉が
あるらしい

抜歯するのは
満月の夜
漲る血潮が
溢れ出たらどうしよう
歯科医は笑うばかり

あなたの水脈が
涼しげに音を立てる
私は両手を拡げて
ゆったり大河になる
夢をみる

蟬時雨のるつぼの奥で
うす緑の翅を抱いて
胎児となる
もうすぐ生まれる
ほゝえんでいる

秋の蚊に
胸を刺された
よりによって大事な胸が
赤く腫れてくる
あーカユー

いつだって
勝手に水に流して
やりすごしてきた
水の惑星の
水の国の住人

レモンを
スパッと切るような論理
私が欲しいのは
そこからしたゝる
雫のかたち

月日がたって
娘の表情が優しい
互いに
いたわり合える程の
寂しさを知ったのか

ハムレットのポスターが
「生か死か」と問いかける
生きるにきまっちょる！
毎朝応えながら
改札へ急ぐ

第三章　ウフフフ　悪い姑だよ

咲き初める前の
痛みかもしれない
この胸の
微かに切ない
花のようなもの

分校の裏山の上に
ほっかり浮かんでいる
雲のような人だ
校庭の片隅でさやいでいる
一本の木のまなざし

胸に湿疹が出た
キスマークに間違われないよう
スカーフで上手に隠す
間違われたい心も
ちょっぴり隠す

この乳房の奥の
一筋の清冽に
触れた手の
掌の中で
おぼれている

菜の花畑と
菜の花畑
その真ん中に
異次元へと向かう
黒い小径

私の魂は
どこをさ迷っているのか
おぼろの月が
その虚に
映っている

雨の径に
想い出のように
柿の実が落ちている
わたし達の初めの時間へと
誘う色をして

浮舟と薫の君と匂宮
「源氏物語　巻十」を抱えて
図書館を出る
くちなしの垣が続いている
あゝ、香りにまみれてしまう

電気器具を修理しながら
やっぱり男でないと……
うっかりつぶやく
本当の気持は
はっきり言えばいい

独りの部屋に帰り着く
ゆうべの愛しさ
けさの切なさ
微かに漂っている
想いの残り香

還ってゆくからか
生まれたからか
時々意識は
懐かしそうに
天を仰ぐ

どのシャンプーのＣＭも
長髪を豊かになびかせる
一緒に頭を振ってみる
記憶の髪が
サラリと揺れる

通勤の波は
やわらかな朝の空を
見上げることもなく
地下道から
這い上がってゆく

過ぎ去った時間が
重り合って降ってくる
返らぬ木霊が
埋もれていそうな
新雪のふくらみ

高層の窓の灯りの色
家庭という色
吊革のむこうに
かつてのリビングが
浮んでは消える

ヒロインのつもりで
ぼたん雪の中に佇っ
よそう！
美しい恋なんて
していない

うまくゆく恋なんて恋じゃない
お生憎さま！
今日のあたしは
コートのポケットの中のように
安心なの

娘の反抗期も
夫のどなり声も
じっとやりすごしてきたのに
独りの部屋で脅えている
只今寒冷前線通過中

君のメールは
受信トレイにのせたまゝ
息子のは
削除済みへポイ
〝知らぬが仏〟ぞ

息子の好物を
黙って出すと
おかわりをしてくれた嫁さん
ウフフフ
悪い姑だよ

「お姑さん長生きしてね」
いつも可愛い嫁さん
ハイ、還暦です
娘と嫁さんに遺す物なんて
ハテ　あったかいな

人知れず
胸にたまった涙を
どこに捨てようか
たっくんたっくん揺らしながら
今日も雑沓を歩いている

月日が流れて
いじめ返すのは簡単と思った
だが彼女は少し優しくなった
私は少し強くなった
ようこらえたもんよ

朝礼一唱
「オレがやらねば誰がやる」
心で一唱
〃オマエたまにはやってみろ〃
朝から反撃じゃい！

六月の憂いの窓から
大阪湾へ吸い込まれる
雨脚を見ている
無為の繰り返しの
おおらかさ

入社した頃
さんざんいじめられた彼女に
新しいパソコンの使い方を
さりげなく教える
十年の歳月とは

雲のない十六夜を
鳥が帰る
宙と
そのふところの
それぞれの無心

夢の中で逢った事を
メールし合って
携帯をバッグにしまう
鯛焼二つ抱いたような
素朴な温かさ

初冬の灯が
かつての団欒を
映し出す
私は私であることを
選んだのだ

嫁さんまで
電話口で言う
〝コタツで寝ないでね〟
爆睡してたのを
その電話で起されたんやんか

孫の誕生
娘の病
真っ向から対峙して
母はますます
母を深めてゆく

赤児は
まだ神の領域か
過去も未来も
宿しているような
包容のまなざし

幼子が
宙を仰いでいる
母の海へ降りる前の
生命のふるさとを
懐しむように

東京の娘と
息子夫婦とで
飲み明かしたと聞いて
なんだか大阪で
うれしくてうれしくて

過ぎ去った時間が
肩をたたく
ふりむかないわ
もうすぐ行く手に
かぎろいが立つ

恋う愛しみが
声を立てる
うおんうおんうおん
春のうねりのように
押し寄せてくる

だれかが
拗ねた魂を
撫でていたようだ
目覚めると
素直で優しい気持

肉体など
なんなく
脱ぎ捨てられそうな
天の青の
虜だ

第四章　鳥の貌

種火とも
残り火とも
赤いもの抱えたまゝ
もえる緑の
さ中

まっ暗闇に
あなたとの時間が
ぬっと浮び上がる
夜の底が
ぐらっと揺れる

髪の毛一本まで
独占したい程
人を愛したこの手の
幼の髪をなでる
静かな優しさ

ぬぐい切れなかった
孤独のかけらが
胸底にころげ落ちた
もう誰の手も
届かない

今日もいそいそと
抜け出す魂よ
後は追うまい
行き先は
とうに知れている

光の中で目を瞑る
ひゅっと影が過ぎる
直視しなかった
過去だ！
鳥の貌になって

さみどりのりんごの
清しい理性
しずかに
人を想えば
河のゆたかさ

吾亦紅の
紅の先
秋の深みに
堕ちて
透き通る

宿した風が
かきならす
哀調に
楠の闇が
ゆっくり波立つ

呼ばれたような気がして
振り返る
記憶の静寂(しじま)に
ぼたん雪
降りしきるだけ

歪な造形に
吹き込まれた
魂よ
どうりで
ぎしぎしと泣く私だ

寄る辺のない
行く末に
野菜売り場の
菜の花一束の
明るさ

拳を上げ
喜々と前進する人の
後姿を見ている
この羨望を
敗者と言うのか

月夜のベランダの
鳩の卵
覚えのある丸みに
子宮のどこかが
泣き出す

宇宙の水の循環の
飛沫の一滴が
この生命なのか
あとからあとから
涙が湧き出る

夜明け前の商店街を
とろとろ歩いて
土曜出勤
珈琲は濃く淹れるべし
鳥は高く鳴くべし

〝抗わず〟と決めて
その淋しさを
虚空へ投げる
オリオンの盾
一瞬傾く

私の輪郭が
鮮やかに
彩られるまで
この陰翳を
凝視するのだ

衣擦れの音が
幽かに甦り
雛の部屋の
やわらかい闇に
抱かれる

朝日の駅舎に
一羽
寡黙な鳥の
嘴の
曲線美

席を譲る
「どうぞ」
しまった！
取って置きの声だ
私より優しすぎる

席取りに負けた
座った若者の
スラッと伸びた脚
ふん
邪魔やんか！

胸底の更に深く
青を湛えた
透明な宙がある
そこで私の
全てを見せる

りんごの皮を剝く
ゆるやかにくるくると
あなたの優しさを
辿ってゆく
密やかな紅い林檎

十三夜の月は
中天
うっすらうっすら
翅を広げて
女にかえる

膝が寂しい
長夜の
想いの灯は
潤んで
やわらかい

ずっと歌い続ける
愛の歌
低音部の
ひたむきな
静けさ

ワイングラスに
注いだ
はるかな記憶
揺らめいているのは
君の嘘

死ぬまで働かねば・・・・・
応えながらも
どこかで打ちたい
ピリオド
涙ぐむ語尾

爺さん
新聞をほうり投げて
席を確保した
ムッとさせて
なんか懐しい

熱弁ふるって
諭しにかかる人
横顔があの人に似てるから
私の根拠が
揺れ動くのよ

人の世のこと
思い巡らせば
無常も
回帰も
月待つ間(あわい)

第五章　不採用通知

早朝の
通勤の靴音
聞きたくなくて
頭から布団を被る
失業二ヶ月

郵便受けには
不採用通知と
納税通知書
もはや金木犀は
香りを沈めた

〝みんな同じよ〟
同じなもんか
五十歩少なくて
地団駄踏んどること
仰山あるんじゃ

ひたすら
履歴書を
書きまくる
魂の履歴の欄が
見当たらない

誰かが
心をノックしている
〝泣いてる最中です〟
扉にかけた札を
読まなかったのかしら

泣き虫小虫……
と囃されている
少女が過ぎる
六十六才の
泣きじゃくり

久しぶりの
正気だ
両腕を広げて
抱きすくめたのは
早春の光と風

もう帰りたい
欅の風へ
野薊の一本へ
悠と空を映す
河の一筋へ

いつか…
きっといつか…
この後に続く言葉
一つだけ言わせて下さい
〟心から笑える〟

愚の骨頂
情なくて
可哀想で
やがて可愛い
堕ちた恋の底

男が地位や肩書を
かなぐり捨てる程の
魅力がなかったと
気付いた女の
その後の魅力

胸の蛍は
すでに「美しい標本」
幽けき羽音も
ほんのり点った
残像さえも

しずかな乳房の先の
ほの紅い性
知りつくしても
なお
咲こうとする

みつめれば
白い理性のような
桜
見上げれば
青空が零した哀しみのような

人は何度も
荒波に耐えてきたのに
思いもよらない
大津波が
最後となった

つながっている生命の
美しい空間を
今こそ創ってゆくために
私達は
生き残ったのだ

その後のノラは
自己主張して
きっと魅力的に生きたのね
私は逃げ出して
何かに縋りたいだけ

お堀の鯉が
時雨を食べている
天守閣からほうり投げた
夢のまた夢を
ぱくりぱくりと

ストレスで嘔吐する
縮こまる背中を
確かに撫でている
姿のない
願望の掌

生きてゆく術を
考え考え歩く
新宿の夕まぐれ
若者の群に
すっぽり呑み込まれる

再生を信ずる
意志のある
凋落か
土に堕ちて
かすかに漂う息吹

蒼天カランコラン
拡がる流れる
透きとおる
そびえ立つものは
胸中になにもなし

晩秋は落葉
ちりちりと
胸にちりちりちりと
飛べない小鳥
啼いて

空ばかり見ていては
食べてゆけない
求人欄の年齢の壁に
脅えないために
また空を見る

この間まで
疲弊していた心が
しわくちゃの顔に出ている
面接官の前で
ぎこちなく口角を上げる

欅、小鳥、風わたる空
日の出、日の入りの空
星めぐり月めぐる空
日がな一日
空物語

空に抱かれると
なぜかしら
許しを乞いたくなる
私であることなど
もう、いいのです

闘病の娘が諭す
〝人を恨まないでね
いい縁も逃げるよ〟
〝いい縁なんてどこにも…〟
健康な母親が拗ねる

卑屈という
貧しさに差し込む
月の光
一段と
冴え返る

仕事へ向かう
たった二人のバス停に
射し込んできた
元旦
八時の陽の光

〝はいつくばる〟
髪の毛一本残してはならぬ
ホテルの清掃
瞬間瞬間を全うする
姿勢のひとつ

もう少しピッチを上げてね
言い訳は出来ない
のろまで不器用が情なくて
リネン室で
こっそり泣いた

〝ねばならない〟をバネに
動き出す仕事
バタバタかけずりまわって
人生の残り時間を
慌てて食べているようだ

ベテラン達の仕事ぶりは
迅速かつ完璧で美しい
が、時給836円也
ベッドメーキングと清掃への
偏見はないか

前へ前へ進んで下さい
息子からのメール
時間の道に
若草がそよぐ
せゝらぎが聞こえる

私の感受性は
壊れていないか
心のまん中に
花は咲いているか
運命に話しかける

少女等の
笑い声のように
菜の花畑の
黄に重なる黄
風にのる風

韃靼海峡を渡る
蝶の目には
天空へ続く
菜の花畑が映っている
気がしてならない

大樹の中を
戯れる番
一羽が飛び立てば
後を追う一羽の
光の胸毛

はて、いつだったか
人の名を呼び続けていた
この唇に
春の紅をひく
香り立つようにひく

月に
優しく脱がされて
頽れる
あとは何も起こらない
仕事帰りの十一時の部屋

この木偶の坊が！
寄辺とは
自分自身
なんだよ
木枯に一喝される

必死さで採用された
大学柔道部の寮の厨房
〝まっちゃん〟と呼ぶ子もいて
マスクの上の目だけで
おもいっきり笑う

第六章　雪富士

雨上がりの天空に
浮かび立つ
青い富士
密やかに
時が抜けてゆく

どこへも行かず
誰とも話さず
孤食の湯豆腐
くらり
無彩色　極まる

虚空凍り
響きひとつ
すべり落ちて
雪富士の
凛

厚木基地から飛び立った
空母艦載部隊
五機の轟音に
盆地の底の
野が哭く

群青は
きりりとしたもの
しめやかで
つつましきもの
海の空の露草の

雲の話をしたかった
あの雲の形や色
でも右も左も振り向いても
誰もいない
ああもう雲は明日の方へ

〝ねばならぬ〟を捨てた女の
貧しい窓辺に来て
〝良い日良い日〟と
椋鳥
歌わねばならぬ

だって母さん
あんまり早く逝ってしまったから
私ひとりで
心をなでてる
もうこれ以上失敗したくない

なぜか胸が騒いだ
限りなく澄みわたった
この空が
産まれ落ちた瞬間の
生命の色かもしれないと

まっしぐらの生となって
草地に堕ちる
ひばりよ
そこは私が
ゆっくり再生するところだよ

台所に
菜を刻む母がいそうな
寝覚めの朝の
一瞬の空白に
堕ちる

覚悟という心を
解いたまゝ
腰紐の位置を
とうに忘れてしまった
朱の衣紋掛

いくばくかの
報酬を頼りに
始発のバスに揺れる
辛い辛いと言いまくる
心をほったらかしにして

生きる理由はある
手応えが欲しければ
くさむらへ行く
満々と
生命の波が寄せてくる

夕暮れは
遠い祭太鼓
想いの子の孤独が
もぎたての無花果を
貪る

〝一身上の都合〟
隠したい挫折や不始末
悲しみや怒りさえも
スーツケースに詰め込んで
旅立つような言葉

脆い純粋さだった
今度は毅然と
心を守れよ
かつて
卵を抱いた日々のように

小春日の明かるさの
ひとところの
影
切切と懐しい
私の貌（すがた）だ

見知らぬばぁちゃん
立て板に水と話してくる
疲れきっている
私の寂しさが
にこにこ相槌を打つ

早暁の寒稽古から戻った
柔道部寮生たち
コーンクリームシチューの
湯気の中に
顔をうずめる

蘇る時間のほとりに
ゆらめく
感傷という
冬の陽炎
行く手に立ちふさがる

心奥で密かに
護っているのは
野性の真我か
盲導犬の眼差しの
重厚な静けさ

草のしぐさが
かすかに変りはじめる
暮れなずむ野面
かたばみ
うつらと眠り出す

小鳥の番が飛び交う
私の愛の未来は
樹が抱く時間の中に
隠されてはいないか
裏側へまわってみる

カーネーションの鉢二つ
枕辺に並べ
母の日の母となる
来し方行く末
心もとない母となる

山々の静謐の中で
生家はつつましく黙していた
ただいま！
佇んだまゝの
私の純真よ

胸の蛍を放つと
空や樹や草の
色の深さがみえる
ほんとうのことへと
近づいてゆくのかもしれない

コジュケイの
〝チョットコイ〟という男気
好きだわ
シャンとして行くからね
嫌だったらきっぱり帰るからね

全日本学生柔道優勝大会
六連覇成る
頑張った！　感動した！
プレッシャーでピリピリだった寮生も
厨房のオバサン達もにっこにこ

無月
心にもうっすらと闇
ゆだねた時の
胸のにおいが
ほんのりただよう

一回でも多く
仕事が欲しくて
仲間の不都合を狙っている
年老いたハイエナ
背骨がアイタタタ・・・・

小さな破壊を
何回繰り返しても
不完全な生である
それならせめて
味わいのある相（すがた）に

天涯まで
大夕焼
ヤマトタケルは
相模の野火の
真只中

大樹が纏う
闇の色の
やわらかさ
もう一度この懐から
生まれ出たいよ

あの人との
狂気の物語を
添削したくなった
晩秋のうららの中の
正気

透明な時間が
ゆっくり降りてくるような
さざんかの花びらの
音のない
軌跡

じいちゃんばあちゃんばっかしじゃ
高齢者44%の団地
外灯が点る頃にゃ
広場のベンチに
木枯しが座っとるがね

小田急線T大学前駅
学生達で溢れかえる
ホームの中に埋もれて
ウキウキと
整骨院へ通う

あの山は山で
この樹は樹で
全く真実
私は私の真実を
いつも探している

仕事場の
食器の重みに
ふしくれ立つ指
朝一番の
春の水に耀う

憎たらしい人も
会いたくない人もおりまして
でも良心がすぐに諭すのよ
〝その人達がいて
君の一瞬があるんやろ？〟

ばぁちゃんには
しわもくすみもあるんだよ
なのに幼子等は
若き日の翳りのない顔を
描いてくれる

そこを曲ると
実家へと続く道
木洩れ日を辿る
時間の道
あっ今、すれちがった少女！

大量の枝豆の
薄皮を剝く
先の見えない女の
先の見えない
無言の作業

ときめく物だけを残すという
収納術
いつか何かに
ときめくはずだから
まだ私を見捨てない

浴槽で溺れているカナブン
掬うと夢中でしがみつく
このしわくちゃの手は
幼子に頼られた
母の手でもあったのだ

秋空を見上げながら
隣にちょこんと座っている
重くて愛しい
身を捨てた日の
エネルギー

もう我慢せず
叫べよ泣けよ
蟬のように
しがみつく木は
心奥に育っている頃だ

心の宇宙の
真只中で溺れているのは
自我
リスクのない
安定ばかり求めて

どうやら雨になりそう
風が饒舌になってきて
読みかけの頁をめくる
最終章を急ぐことはないわ
雨粒ぽつり

詩集を買うか
整骨院に行くか
ランチできるか
いつまで働けるか
拮抗する経済論

懸命に働いてるのに
足が壊れてしまった
痛い笑いが込み上げる
弱者が弱者を
背負ったようで……

取り戻したいのは
時間ではない
13才の心には宿っていた
純粋な人類愛
縮んでしまった志だ

今が辛いのなら
辛さの向こう側を
見るという術があった
向こう側とは未来なのか
忘却という洞穴か

部分入歯洗浄中です
コップに差し込む朝の光
しみじみと
可愛いばあちゃんに
なりたくなります

第七章　スニーカーは空の色

父をうたいたい
母をうたいたい
懐しい人達が手を振って
流れているような
秋天の底

トンビ悠悠
大空の風に遊ぶ
人の憂鬱など
高高
中空まで

こんな失敗なんて
あの時の挫折に比べたら
足下にも及ばない
と思えた瞬間
あの時に光が射した

どしゃぶりの土曜日
待っても待っても
辿り着かなかった人を
想い出してしまった
10分遅れのバス

おや　靴がすりへってるなぁ
思えば
心も相当すりへってる
いやいや大丈夫
給料日が近いじゃないか

第2腰椎の動きが悪いです
医者が説明する
美しい骨格模型に
寄りかかりたくなる
老い

息子の白髪が
目立ってきた
嫁さんに
〝支えてあげてね〟
こっそり言うのがやっと

赤字続きの惣菜屋さん
人件費を減らしにかかった
あゝまたか
とぼとぼとぼとぼ
綿毛の後を追う帰り道

特技・毒舌
ほう面白いね。 採用！
年齢・70才
じゃ死ぬまでやってみようか
そんな職場を求めてます

卵Mサイズ98円の
争奪戦に加わって
売場へダッシュ
この位の競争なら
まだ勝てる！

ヒメジョオンの
清純に
息苦しくなって
咲き満ちたバラの
淫らな側へ

〝からっぽ〟って
何か明るいひびき
ピーマンなら肉詰めできるし
財布なら働けばいいじゃん
と思えてくる

「大丈夫か？」
と言われたとたん
目が覚めた
「大丈夫じゃないわ」と甘えるか
「大丈夫よ」と嘯くか

追いかける夢を見て
ベッドからずり落ちた
下も柔らかいし
そのまま二度寝
老いが面倒くさがる

魔物は
橋だったのか
向う岸の人だったのか
いや、背中に張り付いた
その時の淋しさだ

そうよ本当は
心底悲しかったわ
一盛りの林檎の
紅い闇に
打ち明ける

情熱も
たじろぐ灰かさ
青い地球の
巡りからこぼれて
いぬふぐり

真っ向から
日の出の一閃を
受け止める
雪富士の
男前

無収入無支出の日
シーツを洗い
霜柱を踏みしだき
みんな
真っ白にしてやった

凛とせなあかん
書類の
世帯主欄に
自分の名前を書く時ぐらい
さあ！

いくつもいくつも
夕焼空を
手繰り寄せてみて下さい
たしかにあの日
指切りげんまんしましたよね

〝きさらぎ〟は
瑠璃色の
川面の光のようで
瀬に佇てば
なるほど一枚羽織る寒さ

春の月の下
母でも妻でも
女でもない
心を
すわらせる

草に遊ぶ孫達に
促されて
隠れていた童心が
はしゃぎまくる
婆は風に乗るよ

あなたはずっと
ずっと遠くばかり見ていた
仔猫のあくびや
草の実などが
いつも足下にあったのに

私も悪かった
足下ばかり気になって…
あなたが見ていた
ずっと遠くに
山並みが青々と光っている

言い訳させてよ
仕方なかったのよ
今まで叩いてきた蚊が
一斉にシャーっと
襲って来たような日

ざんざざんざ
雨夜の
ひとりごと
もう、どうにでもなれ！
いや、どうにかなる！

過去は忘れなさい
白魚のような指は
とっくに終わってます
言い聞かせながら買う
Lサイズの絆創膏

あじさいは
咲き満ちた
まだ物足りなさそうに
雨は降り続く
じゃ　私を咲かせてみせてよ

〝もう大変なのよ〟
と言うと
〝みんな同じよ〟
〝年金暮らしだから〟
うんざりの常套句

不採用の電話を切る
急に過った
啄木の歌
花を買おうか
草に寝ころぶか

いじけず
ふてくされず
最後の砦は
静かに襟を正した
自分への愛

アルバムの中の
とっておきの笑顔
一度でも
心底人を愛してしまったら
できない笑顔

りんご
ひとつは淋しくて
ふたつでは競い合いそう
赤を静めてから
みっつ置く

白菜を干して
シーツを干して
今日の小春日を
空ごと
使い果たす

花菜を
茹でてから
春陽と
空の
かそけさの中

自画像を描きます
ワンピースの大きなポケット
なずなの花束を
ちょっと覗かせて
スニーカーは空の色

あゝうれしや
君の側にいる
生命の高鳴り
囀りとは
このことよ

跋　人の魂の極限を

草壁焰太

「そ・ら」と
大空に向って言う
「ら」の音が
バイブレーションになって
みるみる青に吸い込まれる

この本の表題となったこの歌を見たとき、私は雷に打たれたように驚いた。うたは呼吸だと言っている私の論をうたとして表してくれた言葉が出てきたと感じたからである。

よいうたは、息づかいのある言葉で成っている。そして二度と同じ言葉が人から出てこないような象を取って現れる。「そ・ら」は、私たちのもつ共通のことばであるのに、松山佐代子といううたびとだけが発し得たことばであろう。

また、このうたびとの見上げる青は、「ら・ら・ら・ら・・・」で満ちている。それは哀しみの深さであるような気がする。と同時に、「そ・ら」という言葉が生まれた心の由緒を教えてくれるうたともなっている。「ら」はやまと言葉では、空、原、たいら、洞のように広い空間を表わす音である。

それは広さを求める心の音で、空を見上げる心に大昔からバイブレーションしていた音だったのだと。

と、同時に、五行歌という新しい独自のうたの呼吸を、「ら」の音でつづったものであるとも…。日本語にはこんな歌があると、世界の人に言おうとするとき、私たちはどれほど誇らしいかしれない。

この歌もそうだが、松山佐代子さんの歌には、空や菜の花や露草や鳥に憧れる少女という原点がある。それは幼い頃からの感受性の強さを現わすのであろう。その感受性が成熟して自然と相対するときの歌が、奥深く美しい。

夜をぬける
静寂(しじま)のなごり
つゆ草の瑠璃を
心の湖(うみ)の
色とする

鳥を抱く
樹であれば
私の愛しみも
抱いてくれるか
逢いに行く

この寂しさを溯ると
草の容が見える
失った日々の
白い時間の淵にそよぐ
草の葉よ

宇宙の水の循環の
飛沫の一滴が
この生命なのか
あとからあとから
涙が湧き出る

彼女の歌はここで終っても十分に評価され、愛されたであろう。しかし、あるときから、それを覆してしまうような現実の歌が、激しいユーモアや個性を晒して登場してきた。これは真実を率直に語る五行歌という新詩型が促したことかもしれない。

私は拍手を送りたいような気持ちで、それらの歌を認め、応援もした。

ハムレットのポスターが
「生か死か」と問いかける
生きるにきまっちょる！

いかなごで一杯やりながら
息子のフィアンセの
可愛いエクボに嫉妬する

毎朝応えながら　なんでワタシにないの？
改札へ急ぐ　なんで？

自分で生きることを決心した女性が、その後のノラを生きながら、悪戦苦闘するなかでの歌である。一人で生きることによって、強くなったようだ。相当の苦難もユーモアにしてしまううたびととなった。原点の少女を色濃く残しながら、嫉妬も拗ねも疲れもユーモアにして乗り越える。私がこのうたびとを認めるのは、上下左右への深みと幅の大きさである。私自身が尊敬を覚えるほど、なんでも歌に出来る人となっていた。

部分入歯洗浄中です　特技・毒舌
コップに差し込む朝の光　ほう面白いね。採用！
しみじみと　年齢・70才
可愛いばあちゃんに　じゃ死ぬまでやってみようか
なりたくなります　そんな職場を求めています

女性がこんな歌をうたうということを、旧来の短詩型の時代に想像できたであろうか。私は、笑いながら涙を流した。こういうものはおそらく世界の詩歌にもない。彼女は五行歌の歴史とともに新しい文学を切り開いている最先端にいる人と思う。

十分に生き、もっと深く、幅広く、人の魂の極限を天使のように表現しつくしてほしい。

あとがきに代えて

風が饒舌になってきました。お変りありませんか。この度、五行歌集を上梓致しました。

五行歌に出会ってかれこれ20年近く経ちましょうか。ほら、時々呟きの様な言葉を綴っていたでしょ。それがきっかけで入会しました。何時かは集大成したいと思っていましたが、やっと決心したのです。拙くて恥かしいのですが、私にとって愛しい歌集になりました。

私も人並みに色々な事がありましてね、弱虫で泣き虫でしたから、何かあると豊かな自然の中に心を沈めていたのです。自然は無言で心模様を染めてくれるのです。草に結んだ朝露が小さな生命を湛えているとか。もちろん、その感動を沢山歌にしましたとも。

さて、お気付きでしょうか。寂しい歌が多いでしょう。この時に、見えてきたものがあったのです。この経験は良かった。結果論ですけどね。経験て大事。書き続ける事も大事。

こう書いていましたら、何だか楽しくなってきました。〝可愛いばあちゃん〟になれるかもしれない。〝からっぽ〟って可能性100%だとかね。

という訳で、もっと歌を創りたい。やっと面白くなってきましたもの。最後まで読んで下さって有難うございました。

では、時節柄ご自愛下さいませ。

あっ、〝どうやら雨になりそう〟です。

草壁焔太先生、三好叙子様、五行歌の会事務局の皆様、歌友の皆様、そしていつも励まして下さっている皆様。心をこめて御礼申し上げます。

二〇一七年十月

松山佐代子

松山佐代子（まつやま・さよこ）
1944年8月　神奈川県秦野市に生まれる。
1997年7月　大阪在住の頃、五行歌の会入会
2007年10月　豊中歌会代表
2011年11月　秦野市に転居

五行歌集
そ・ら
2017年12月7日　初版第1刷発行

著　者　　松山佐代子
発行人　　三好清明
発行所　　株式会社 市井社
〒162-0843
東京都新宿区市谷田町3-19 川辺ビル1F
電話　03-3267-7601
http://5gyohka.com/shiseisha/

印刷所　　創栄図書印刷 株式会社
装丁　　しづく
イラスト　　著者

ISBN978-4-88208-152-4

落丁本、乱丁本はお取り替えします。
定価はカバーに表示しています。

五行歌五則

一、五行歌は、和歌と古代歌謡に基いて新たに創られた新形式の短詩である。

一、作品は五行からなる。例外として、四行、六行のものも稀に認める。

一、一行は一句を意味する。改行は言葉の区切り、または息の区切りで行う。

一、字数に制約は設けないが、作品に詩歌らしい感じをもたせること。

一、内容などには制約をもうけない。

五行歌とは

五行歌とは、五行で書く歌のことです。万葉集以前の日本人は、自由に歌を書いていました。その古代歌謡にならって、現代の言葉で同じように自由に書いたのが、五行歌です。五行にする理由は、古代でも約半数が五句構成だったためです。

この新形式は、約六十年前に、五行歌の会の主宰、草壁焰太が発想したもので、一九九四年に約三十人で会はスタートしました。五行歌は現代人の各個人の独立した感性、思いを表すのにぴったりの形式であり、誰にも書け、誰にも独自の表現を完成できるものです。

このため、年々会員数は増え、全国に百数十の支部があり、愛好者は五十万人にのぼります。

五行歌の会　http://5gyohka.com/
〒162-0843東京都新宿区市谷田町三―一九
川辺ビル一階
電話　〇三（三二六七）七六〇七
ファクス　〇三（三二六七）七六九七